# Un boa à la ferme

THOMSON BRANCH

# Un boa à la ferme

par Trinka Hakes Noble

illustré par Steven Kellogg

l'école des loisirs
11, rue de Sèvres, Paris 6ᵉ

Traduit de l'américain par Isabelle Reinharez
© 1984, l'école des loisirs, Paris pour l'édition en langue française
© 1980, Trinka Hakes Noble pour le texte
© 1980, Steven Kellogg pour les illustrations
Titre de l'édition originale: «The day Jimmy's Boa Ate the Wash» (The Dial Press, New York)
Composition: Sereg, Paris (Goudy 16/20)
Loi n° 49.956 du 16.7.1949 sur les publications destinées à la jeunesse:
Septembre 1984
Dépôt légal: septembre 1985
Imprimé en France par Maury à Malesherbes

A Sandy et Randon
mes meilleurs amis
T.H.N.
A Mélanie et Tom,
avec toute mon affection
S.K.

«Alors, cette excursion scolaire à la ferme, c'était comment?»

«Oh… ennuyeux… un peu barbant… jusqu'à ce que la vache se mette à pleurer.»

«Une vache… qui pleure?»
«Ouais, tu sais, une meule de foin lui est tombée dessus.»

«Mais une meule de foin ne s'écroule pas comme ça.»

«Mais si, si un fermier rentre dedans avec son tracteur.»
«Allons, ça n'arriverait jamais à un fermier.»

«Mais si, s'il est trop occupé à crier après les cochons pour qu'ils descendent de notre car.»

«Que faisaient les cochons dans le car?»

« Ils mangeaient nos déjeuners. »

«Pourquoi mangeaient-ils vos déjeuners?»
«Parce qu'on s'était battus avec leur maïs et qu'ils n'avaient rien
d'autre à manger.»

«Bon, d'accord, mais pourquoi vous battiez-vous avec du maïs?»
«Parce qu'on n'avait plus d'œufs.»
«Plus d'œufs? Mais pourquoi vous battiez-vous avec des œufs?»

«A cause du boa constrictor.»
«DU BOA CONSTRICTOR!»
«Ouais, le boa apprivoisé de Jimmy.»

«Mais que faisait à la ferme le boa apprivoisé de Jimmy?»
«Oh, il l'avait emmené pour qu'il voie les animaux de la ferme,
mais ça n'a pas plu aux poulets.»

«Tu veux dire qu'il l'a emmené dans le poulailler?»

«Ouais, et les poulets se sont mis à piailler et à voleter partout.»

«Et après, après. Que s'est-il passé?»
«Eh ben, une poule s'est énervée et elle a pondu un œuf qui a atterri sur la tête de Jenny.»
«Qui, la poule?»
«Non, l'œuf. Et il s'est écrasé – beurk – en plein dans ses cheveux!»

«Qu'est-ce qu'elle a fait?»

«Elle a piqué une colère parce qu'elle a cru que Tommy le lui avait lancé, alors elle lui en a lancé un.»

«Et Tommy, qu'est-ce qu'il a fait?»

«Oh, il s'est baissé et l'œuf a frappé Marianne en pleine figure.

Alors elle en a lancé un à Jenny, mais elle a mal visé et touché Jimmy, qui a lâché son boa constrictor.»

«Oh, je vois, et une seconde après tout le monde se battait avec des œufs, c'est ça?»
«C'est ça.»

«Et quand il n'y a plus eu d'œufs, vous vous êtes battus avec le maïs des cochons, c'est ça?»
«C'est ça.»

«Bon, et qu'est-ce qui a mis fin à la bagarre?»
«Eh ben, on a entendu la fermière crier.»
«Et pourquoi criait-elle?»

«On n'a pas eu le temps de voir parce que M<sup>me</sup> Stanley nous a tous fait remonter dans le car, et on est repartis en quatrième vitesse sans le boa constrictor.»

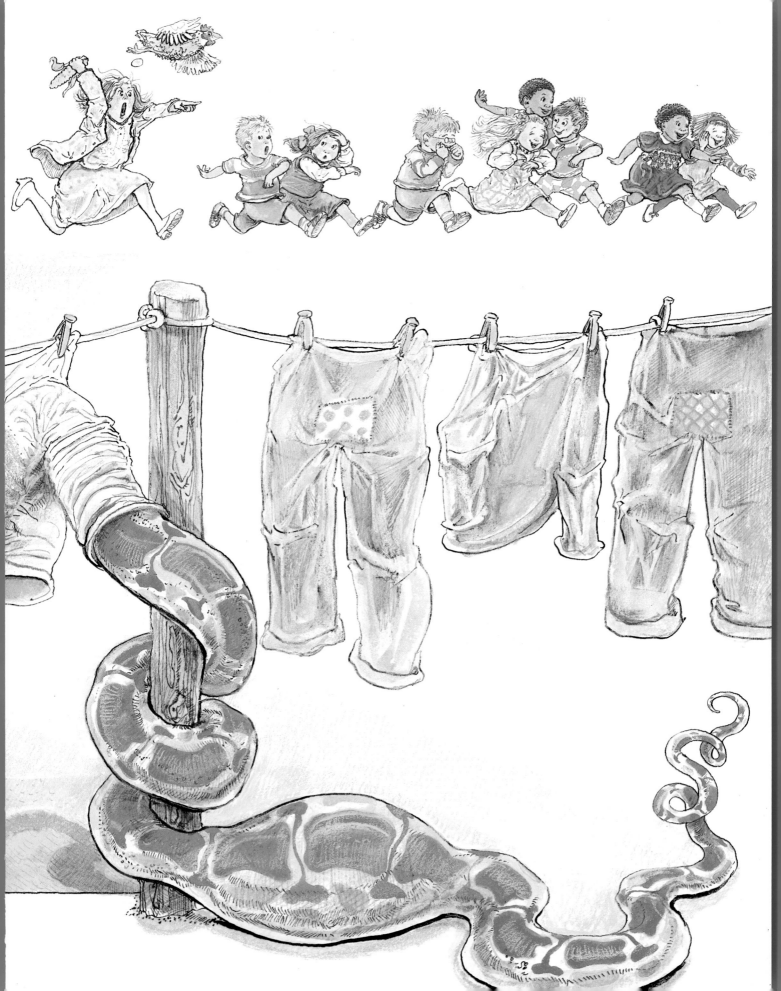

«Pauvre Jimmy, il devait être triste d'avoir laissé son boa apprivoisé.»

«Oh, pas vraiment. On est partis si vite qu'un cochon est resté
dans le car, alors maintenant Jimmy a un cochon apprivoisé.»

«Oh là là, dis donc, quelle excursion amusante!»
«Ouais, bof, il faut aimer les excursions scolaires à la ferme.»